Charles Dickens

PARA TODOS

© Sweet Cherry Publishing
Little Dorrit. Baseado na história original de Charles Dickens, adaptada por Philip Gooden. Sweet Cherry Publishing, Reino Unido, 2022.

Dados Internacionais de Catalogação na Publicação (CIP)
Angélica Ilacqua CRB-8/7057

Gooden, Philip
  Pequena Dorrit / baseado na história original de Charles Dickens, adaptação de Philip Gooden ; tradução de Talita Wakasugui ; ilustrações de Alessandro Valdrighi. -- Barueri, SP : Amora, 2022.
  96 p. : il.

ISBN 978-65-5530-424-4
Título original: Little Dorrit

1. Literatura infantojuvenil inglesa I. Título II. Dickens, Charles, 1812-1870 III. Wakasugui, Talita IV. Valdrighi, Alessandro

22-4824   CDD 028.5

Índices para catálogo sistemático:
1. Literatura infantojuvenil inglesa

1ª edição

Amora, um selo editorial da Girassol Brasil Edições Eireli
Av. Copacabana, 325, Sala 1301
Alphaville – Barueri – SP – 06472-001
leitor@girassolbrasil.com.br
www.girassolbrasil.com.br

Direção editorial: Karine Gonçalves Pansa
Coordenação editorial: Carolina Cespedes
Tradução: Talita Wakasugui
Edição: Mônica Fleisher Alves
Assistente editorial: Laura Camanho
Design da capa: Pipi Sposito e Margot Reverdiau
Ilustrações: Alessandro Valdrighi
Diagramação: Deborah Takaishi
Montagem de capa: Patricia Girotto
Audiolivro: Fundação Dorina Nowill para Cegos

Impresso no Brasil

GRANDES CLÁSSICOS

Pequena Dorrit

Charles Dickens

amora

Bem-vindo a Marshalsea

Há muito tempo, havia uma prisão em Londres chamada Marshalsea. Era um lugar horrível, sombrio e sujo, perto do Rio Tâmisa.

Qualquer pessoa que pegasse dinheiro emprestado e não pudesse pagar, era jogado em Marshalsea. E só era solto quando pagasse. Mas uma vez preso em Marshalsea, não tinha como ganhar dinheiro. Então,

não podia pagar suas dívidas e tinha que ficar na prisão.

Alguns prisioneiros ficaram lá por muitos anos. Crianças nasceram e famílias foram criadas dentro das paredes mofadas de Marshalsea.

Uma dessas famílias era a dos
Dorrits. Havia o sr. William Dorrit,
sua esposa, a sra. Dorrit, um filho e
duas filhas. Os Dorrits sempre foram
muito pobres. Para sobreviver, o sr.
Dorrit pediu dinheiro emprestado
– dinheiro que não podia pagar
de volta. Com o passar do tempo,
ele devia tanto que dois policiais
corpulentos apareceram na porta
da humilde casinha dos Dorrits e o
prenderam. A sra. Dorrit abraçou os
filhos com força e chorou enquanto
acompanharam o sr. Dorrit até a
prisão Marshalsea.

Nossa história começa mais de vinte anos depois daquele fatídico dia. A essa altura, a esposa do sr. Dorrit infelizmente havia morrido, seus filhos tinham se tornado adultos e ele, o sr. Dorrit, fizera da prisão sua casa. Ele tinha um quarto pequeno, com dois ou três móveis, e muitos amigos. Os outros prisioneiros o chamavam de Pai de Marshalsea – um título do qual ele tinha muito orgulho.

Visitas eram apresentadas ao sr. Dorrit e prisioneiros novos eram recebidos por ele. Era como se ele

fosse o chefe de uma grande família
e não um velho preso em uma cela.

De seus três filhos, o sr. Dorrit era mais próximo da filha Amy. As pessoas costumavam chamá-la de Pequena Dorrit, em parte porque ela era a mais nova e em parte porque era muito pequena. Ela morava sozinha em um quarto fora dos muros da prisão, para que pudesse estar mais perto do pai.

A Horrível Casa da Sra. Clennam

Amy Dorrit ganhava um pequeno salário costurando e fazendo outras pequenas tarefas para a sra. Clennam. Ela era uma mulher séria e usava minúsculos óculos prateados. Atrás das lentes, seus olhos eram frios e cinzentos e combinavam com o prateado de seu cabelo.

Apesar de morar em uma casa grande, com muitos cômodos, ela costumava dizer a Amy que não saía de seu quarto havia muitos anos.

— Doze anos inteiros! — ela resmungava. — Eu não aguentaria sair deste quarto. Estou muito doente.

Então ela tossia e arranhava a garganta, como se quisesse provar o que estava dizendo.

Assim como o sr. Dorrit parecia gostar de estar preso, a sra. Clennam parecia gostar de estar doente.

Um dia, o filho da sra. Clennam, Arthur, voltou para casa. Ele morou na China por muito tempo, cuidando do negócio que seu pai possuía. Mas agora que o pai – o marido da sra. Clennam – tinha morrido, Arthur voltou para a Inglaterra.

A sra. Clennam não se dava bem com o marido. E também não se entendia com o filho. Na verdade, a sra. Clennam não se dava bem com ninguém.

— Espero que esteja bem, mãe — disse Arthur ao entrar no quarto dela e ver as paredes cobertas de teias de aranha.

— Nunca mais vou me recuperar — ela retrucou.

A sra. Clennam não abraçou o filho nem beijou seu rosto, embora não o visse há muitos anos.

A verdade é que ela mal tinha sorrido para o filho.

Enfiando a mão no bolso, Arthur tirou uma pequena caixa de madeira e a entregou à mãe. E teve o cuidado de não roçar seus dedos magros ao fazê-lo. Era um relógio de bolso que pertencera ao pai. O pai tinha dito a ele, claramente, que, quando morresse, Arthur deveria dar o relógio para a mãe.

A sra. Clennam abriu a caixa de madeira e deu um suspiro trêmulo. Em cima do relógio havia um pequeno círculo de seda, com as palavras "Não se esqueça" costuradas nele.

Arthur ficou observando a mãe enquanto ela levou o pedaço de seda aos olhos cinzentos e leu a mensagem.

— O que significa, mãe? — perguntou ele. — O que a senhora não deve esquecer?

— Nada — ela retrucou, enxotando-o com a mão. — Não tem nada a ver com você.

Arthur examinou o quarto da mãe. Estava escuro e sombrio, e cheirava a mofo. Havia uma mesa em um canto e, no outro... uma garota. Como ele não a tinha visto antes? Ela

estava sentada em uma poltrona, costurando.

— Quem é você?

— Essa é Amy Dorrit — respondeu sua mãe. — Eu a contratei para costurar, limpar e outras coisas assim; coisas que não são da sua conta, Arthur.

Arthur ficou ainda mais surpreso. A mãe já tinha empregados. Por que contrataria um novo outro alguém? Ela não daria um emprego a alguém pela bondade de seu coração. Ela não tinha bondade em seu coração.

Arthur Clennam passou aquela noite na casa da mãe. Ele dormiu em seu antigo quarto na parte de cima da casa. O lugar estava tão feio e sombrio agora que era impossível pensar nele como seu lar.

Havia poeira por toda parte.
Os vidros estavam tão sujos que mal dava para ver do outro lado deles.
Os peitoris das janelas estavam cheios de insetos mortos.

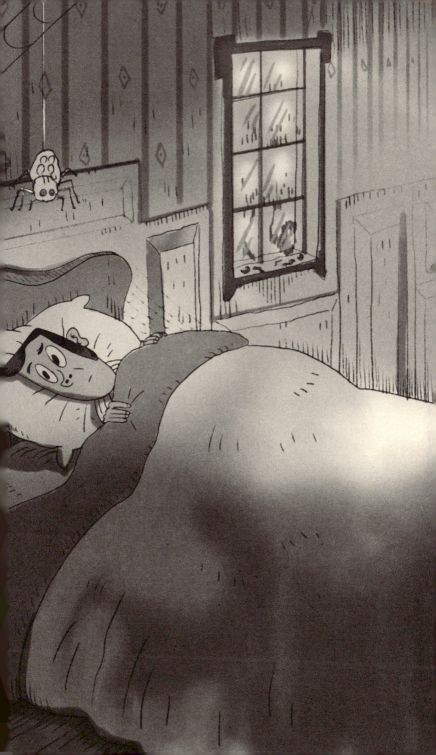

A casa rangia e gemia como se fosse desmoronar a qualquer momento.

Arthur dormiu mal. Ele ficou se perguntando qual era o significado da mensagem de seu pai: "Não se esqueça". E ficou imaginando se sua família tinha algum segredo. Será que tinham feito algo errado no passado?

Não adiantava perguntar à mãe. A sra. Clennam jamais admitiria ter feito algo errado. Só as outras pessoas faziam coisas erradas.

Na manhã seguinte, Arthur viu Amy Dorrit novamente. Ela era uma garota tímida, mas não tão jovem quanto pareceu à primeira vista. Tinha olhos castanhos, porém mal se atrevia a erguê-los. Na verdade, ela era tão tímida que fazia suas refeições sozinha na casa da sra. Clennam.

Amy despertou a curiosidade de
Arthur.

Quem era ela?

De onde tinha vindo?

E então resolveu descobrir.

Uma Visita em Marshalsea

Certa noite, quando Amy Dorrit saiu da casa dos Clennams, Arthur a seguiu. Ele manteve distância enquanto a moça andava pelas ruas movimentadas.

Depois de um tempo, ela parou em frente de um prédio antigo de tijolos vermelhos, perto do rio Tâmisa. Amy bateu na porta de madeira suja que tinha barras de ferro na parte de cima. Um rosto apareceu atrás das barras. Olhos redondos espiaram Amy antes que a porta fosse destrancada e ela passasse.

Arthur esperou um momento.
Depois, ele foi até a mesma porta e
bateu.

Mais uma vez, o rosto de um
homem apareceu atrás das barras.

— Que lugar é esse? — perguntou
Arthur.

— É a Prisão Marshalsea, senhor
— respondeu o homem. Seu nome
era Bob; ele era um dos guardas da
prisão.

— Qualquer um pode entrar aqui?

— Qualquer um pode entrar —
disse Bob. — Mas... nem todos podem
sair.

— Tem uma pessoa chamada
Dorrit aqui?

— O sr. Dorrit? Ah, sim. Ele é o Pai de Marshalsea. Gostaria de vê-lo?

Arthur assentiu e Bob destrancou a porta para deixá-lo entrar. Eles atravessaram um pequeno pátio e subiram um lance de escadas estreitas até a cela do sr. Dorrit.

Parado na porta, ele viu Amy
Dorrit preparando o jantar do pai.
Era o jantar que ela tinha recebido
na casa da sra. Clennam. De repente
Arthur percebeu que era por isso que
ela fazia suas refeições sozinha: na
verdade, não comia! Ela embrulhava
tudo e trazia para seu pai comer.

Quando se virou e viu Arthur,
as bochechas de Amy ficaram
vermelhas.

Arthur limpou a garganta.

— Sr. Dorrit, é um prazer conhecê-lo. Sou Arthur Clennam. Amy trabalha para minha mãe.

O sr. Dorrit não corou. Ele simplesmente deu as boas-vindas a Arthur e lhe ofereceu uma cadeira. Depois contou a ele tudo sobre a prisão e como ficou conhecido como

o Pai de Marshalsea. E disse que as visitas geralmente lhe davam uma pequena "oferta".

Por "oferta", ele queria dizer dinheiro.

Antes que Arthur pudesse dizer ou fazer qualquer coisa, uma jovem irrompeu na cela. Era a filha mais velha do sr. Dorrit, Fanny.

Fanny Dorrit era dançarina, isso era fácil de notar. Além de bela, ela andava com a cabeça erguida e mal tocava os pés o chão – era como se estivesse flutuando em uma nuvem.

— Você arrumou meu vestido, Amy? — Fanny Dorrit perguntou à irmã.

Amy lhe entregou o vestido remendado. Fanny o pegou sem sequer agradecer e saiu da cela. No momento em que Fanny fechou a porta da cela do pai, uma campainha tocou. Era um sinal para que todas as visitas saíssem da prisão – ou então ficariam presas durante a noite.

Rapidamente, Arthur Clennam colocou algumas moedas na mão estendida do sr. Dorrit. Amy olhou para cima e suas bochechas ficaram ainda mais vermelhas. Ela odiava ver seu pai implorando por dinheiro. Mas Arthur simplesmente se despediu e saiu da cela.

Ele estava atravessando o pátio quando Amy o alcançou.

— Mil desculpas, senhor — disse ela. — Lamento meu pai ficar pedindo dinheiro assim.

— Não se preocupe, srta. Dorrit — disse Arthur. — Sou eu quem peço desculpas. Perdoe-me por segui-la até aqui. Eu não tinha o direito de invadir sua vida familiar.

Os dois conversaram por alguns minutos sobre a vida de Amy em Marshalsea, a vida de Arthur na China e os estranhos hábitos da malvada sra. Clennam, o que fez os dois rirem.

Eles estavam tão imersos na conversa que não perceberam que a campainha havia parado de tocar.

Oh, céus! Agora o portão da frente estava trancado e Arthur e Amy não podiam sair.

Eles teriam que passar a noite na Prisão Marshalsea.

O Sr. Pancks Investiga

Arthur nunca tinha passado uma noite na prisão. É claro que não gostou, mas não foi assim, *terrível*. Ele passou um pouco mais de tempo com Amy Dorrit; estava muito curioso sobre ela e sua família.

E ficou se perguntando por que sua mãe gostava da Pequena Dorrit. Ele sabia que a sra. Clennam era uma velha má, rude e cruel com todo mundo, inclusive com ele, seu próprio filho. Teria algo a ver com a mensagem na caixa do relógio?

Arthur tinha que descobrir. Então, quando saiu da prisão no dia seguinte, foi ver um homem chamado Pancks, que gostava de pensar que era um detetive. Arthur o contratou para descobrir mais sobre os Dorrits.

O sr. Pancks era um homem baixinho e gorducho, e estava sempre sem fôlego. Ele vivia ocupado, embora ninguém soubesse o que ele fazia exatamente.

— Sabe como me chamo, sr. Clennam? — perguntou ele.

— Não — respondeu Arthur.

— Sempre digo que sou um "caça-tesouro" — disse Pancks. — Não porque eu sou um pirata. É porque eu saio em busca de fortunas. Fortunas que as pessoas podem ter perdido ou nunca saber que existem.

Durante a estranha investigação do sr. Pancks, Arthur ficou muito próximo de Amy Dorrit – e eles se tornaram melhores amigos.

Ele também conheceu um homem chamado Daniel Doyce, que era inventor e engenheiro.

Daniel era dono de uma pequena fábrica. E embora seu local de trabalho também fosse pequeno, suas ideias eram enormes, criativas e até inovadoras. Arthur ficou maravilhado.

— Você é um gênio, Daniel Doyce — disse ele enquanto o rapaz explicava a função de cada engrenagem, roda e pino de sua última invenção. — Por que não trabalhamos juntos? Você fornece as ideias e eu entro com o dinheiro.

Daniel mal pensou antes de gritar:

— Sim! Absolutamente sim!

E assim, eles começaram a trabalhar na criação de sua nova empresa: Doyce & Clennam.

Por um momento, tudo parecia estar indo bem.

Enquanto Arthur trabalhava e Pancks "investigava", a irmã de Amy, Fanny Dorrit, flertava, como de costume.

Muita gente lutou pelo coração de Fanny Dorrit. Um deles era Edmund Sparkler, um jovem bastante tolo, de uma família bastante tola.

A mãe de Edmund era a esposa do sr. Merdle, um homem muito rico. Ele fez sua fortuna encorajando os outros a colocar dinheiro em seu banco.

A mãe de Edmund, a sra. Merdle, tinha uma opinião muito elevada de si mesma. Ela tinha um marido rico. Tinha um filho rico. Fazia parte da *sociedade*.

Fazer parte da *sociedade* significava que certas regras tinham que ser obedecidas.

Havia pessoas com as quais você poderia fazer amizade. Elas faziam parte da *sociedade*. E havia pessoas com as quais você não poderia fazer amizade. Elas não faziam parte da *sociedade*.

A sra. Merdle logo descobriu sobre o pai da garota de quem Edmund tanto gostava. Ele certamente *não* fazia parte da sociedade da sra. Merdle. Este sr. Dorrit era um prisioneiro em Marshalsea! A notícia a chocou tanto que a sra. Merdle quase desmaiou. Seu filho não podia e não se casaria com a filha de um prisioneiro.

Sem demora, a sra. Merdle
convidou – bem, na verdade exigiu –
Fanny Dorrit para visitar sua grande
casa em Londres. Fanny pediu a
Amy que fosse junto com ela. Juntas,

elas atravessaram a porta enorme da mansão da sra. Merdle, sentaram-se em suas cadeiras de veludo bordô e engoliram em seco ao ver a velha assim que ela entrou.

— Fanny Dorrit — disse a sra. Merdle —, não vou perder tempo com conversa fiada. Você não pode ver Edmund nunca mais.

O rosto de Fanny mudou rapidamente do choque para a raiva.

— Tudo bem — replicou ela. — Eu não quero nada com *ele* mesmo.

— Então estamos de acordo — rebateu a sra. Merdle, colocando algo na mão de Fanny.

Quando estavam do lado de fora da grande e pesada porta da casa, após ela ter sido rapidamente fechada atrás delas, Amy perguntou à Fanny o que a sra. Merdle dera a ela. Fanny abriu a mão para revelar um rolo apertado de notas.

— Ah, Fanny — disse Amy. — Não devia ter aceitado o dinheiro dela.

— Sua tolinha — falou Fanny. — Não tem amor-próprio? Se aquela senhora me insulta, então ela tem que pagar por isso. E ela pagou, veja.

Mas Amy Dorrit viu as coisas de forma diferente. Aos seus olhos, a irmã *perdeu* o amor-próprio e a dignidade ao aceitar dinheiro dessa maneira. Era como seu pai, recebendo "ofertas" de suas visitas.

Dos Trapos
à Riqueza

Não muito depois da ida à casa da sra. Merdle, os Dorrits receberam notícias realmente emocionantes. Parecia que, de repente, seus problemas tinham acabado.

O sr. Pancks, o homem a quem Arthur contratou para investigar os Dorrits, havia feito uma descoberta. Ele descobriu que havia uma família chamada Dorrit, que morava em uma casa grande em Dorset. Mas o último Dorrit de Dorset havia morrido.

Parecia que não havia mais ninguém para herdar a grande casa e todas as terras e fortuna que a acompanhavam. Ninguém, isto é, além do Sr. William Dorrit.

O Pai de Marshalsea estava rico!

Ele rapidamente pagou suas dívidas e deu uma última olhada em sua pequena e suja cela antes de deixar a Prisão Marshalsea para sempre.

Naturalmente, a família compartilhou suas novas riquezas.

Vestidas com lindas boinas, vestidos e luvas, Fanny e Amy se juntaram ao pai e ao irmão na carruagem que os levou para longe de Marshalsea e de Londres.

Arthur Clennam se despediu deles. Ele estava feliz por ter ajudado a família a escapar da sombra e da opressão da prisão, mas tinha que admitir que sentiria falta de sua amiga, sua Pequena Dorrit.

Um Cavalheiro em Veneza

O sr. Dorrit não saía dos muros da prisão havia mais de vinte anos. Fazia muito tempo que não via os campos montanhosos, os grandes edifícios imponentes ou o sol brilhante do mundo exterior.

Mas, agora, o sr. Dorrit era um cavalheiro. Ele tinha dinheiro. Tinha uma casa em Dorset. Tinha uma posição a manter. E, acima de tudo, fazia parte da *sociedade*.

A primeira coisa que o sr. Dorrit fez foi colocar todo o seu dinheiro no banco do sr. Merdle. Afinal, todos diziam que o sr. Merdle era brilhante

com dinheiro. Ele o mantinha seguro, e quanto mais tempo o dinheiro ficava no banco, mais ele rendia.

Arthur Clennam também decidiu colocar seu dinheiro no banco do sr. Merdle. Ele queria ganhar mais dinheiro para seu negócio com Daniel Doyce.

Até o sr. Pancks colocou dinheiro no banco do sr. Merdle.

Todos achavam que Merdle era um mágico que fazia dinheiro – e confiavam nele com cada centavo que possuíam.

A família Dorrit amava Dorset, mas ainda não era suficiente para eles. Fazer parte da *sociedade* agora significava que podiam viajar para qualquer lugar do mundo. Dito e feito. Eles fizeram as malas e partiram. Viajaram pela França, pelas montanhas da Suíça e para a Itália.

Finalmente, chegaram às ruas de Veneza. A luz do sol brilhava nos canais e tudo brilhava em branco, rosa e dourado.

Amy Dorrit nunca esteve em um lugar como Veneza, onde os

rios substituíam as ruas e as
pessoas andavam em barcos em
vez de carruagens. Ela descrevia
cada detalhe para Arthur em suas
cartas, que sempre as recebia
com prazer.

Os Dorrits alugaram uma das melhores mansões de Veneza, que ficava no Grande Canal. E comeram a melhor comida. Conheceram as melhores e mais famosas pessoas. Foram ver as pinturas e os concertos musicais mais famosos.

O sr. Dorrit até contratou uma mulher para ensinar Amy e Fanny a se comportarem como damas *de verdade*. Senhora General era o nome da professora. Ela tinha regras muito chatas. Sua voz também era muito chata.

— Não diga "pai", diga "papai" — ela retrucava para Amy. — E não revire os olhos, Fanny Dorrit. Agora você é uma verdadeira dama.

Fanny Dorrit achava que fazer parte da *sociedade* mudaria suas vidas para melhor. Mas, na verdade, estava um pouco entediada. Ela não queria ver pinturas ou ir a concertos musicais. Às vezes sentia falta de seus dias dançando no teatro.

Certa tarde, enquanto Fanny olhava pela janela, mexendo na saia e sentindo-se completamente entediada, bateram à porta. Para sua surpresa, Edmund Sparkler entrou no quarto. O mesmo Edmund Sparkler cuja mãe, a sra. Merdle, pagara a Fanny para ir embora.

Mas isso foi quando Fanny Dorrit era filha de um homem pobre, um prisioneiro em Marshalsea. Agora Fanny era filha de um homem muito rico.

Na verdade, um homem que era rico o bastante para colocar muito dinheiro no banco do sr. Merdle.

A sra. Merdle não tinha nenhuma objeção a Fanny agora. Não agora que ela fazia parte da *sociedade*.

E naquela sala, naquele fim de tarde em Veneza, Edmund pediu Fanny em casamento. Fanny não amava Edmund de verdade, mas aceitou mesmo assim.

Amy Dorrit não ficou nada satisfeita. Ela sabia que Edmund não era bom o suficiente para Fanny e sabia que Fanny não o amava. Mas Fanny apenas riu. — Ah, Amy — disse ela. — Um dia você vai entender: casamento não é sobre amor. É sobre dinheiro.

Parecia que o sr. Dorrit concordava. Ele ficou satisfeito que Fanny ia se casar com Edmund. Para ele, era uma maneira de dizer ao mundo inteiro que a família Dorrit agora fazia parte da *sociedade*.

Com um casamento absurdamente luxuoso e extremamente caro, Fanny Dorrit se tornou a sra. Sparkler.

O sr. e a sra. Sparkler viajaram de volta para Londres. Eles iriam morar na grande casa da sra. Merdle, enquanto sua mãe ficava em Veneza.

O sr. Dorrit e Amy também ficaram em Veneza, aproveitando a cidade e o sol. Enquanto o irmão de Amy viajou para a Sicília e depois para Nápoles, aproveitando cada centavo de sua nova riqueza.

O Fim do Sr. Dorrit

O sr. Dorrit pareceu envelhecer muito rapidamente. Ele se arrastava como uma tartaruga velha.

Sua memória ficou muito ruim. Às vezes até se esquecia de onde estava. Quando olhou ao redor, não viu os canais reluzentes de Veneza. Em sua mente, viu as paredes de tijolos vermelhos da Prisão Marshalsea. E, às vezes, quando falava com um empregado, imaginava estar falando com um dos guardas da prisão.

Amy tentou ajudá-lo a se lembrar das coisas, mas parecia que sua mente estava se esvaindo, como areia por entre os dedos dela.

Chegou o dia em que, após muitos concertos magníficos e bailes extravagantes, a sra. Merdle decidiu partir de Veneza. Ela deu um grande jantar para comemorar sua estadia na cidade.

É claro que o sr. Dorrit e Amy foram convidados.

Quando pai e filha chegaram ao pé da grande escadaria de mármore que levava à sala de jantar da sra. Merdle, o sr. Dorrit parou.

— Amy, minha querida, mande chamar o Bob. Ele pode me ajudar a subir as escadas.

Amy suspirou. Bob era o guarda da Prisão

Marshalsea. Ela sabia que a mente de seu pai estava se apagando.

Com a ajuda de Amy, o sr. Dorrit subiu lentamente as escadas de mármore.

No topo, ele se virou e falou com os convidados que estavam chegando no andar de baixo. E os recebeu como se fossem visitas de Marshalsea.

A essa altura, todos observavam o velho sr. Dorrit com uma mistura de espanto e repulsa.

Ele divagava sem parar sobre ser o Pai de Marshalsea. Até disse que ficaria feliz em aceitar qualquer "oferta". Os outros convidados estremeceram e se afastaram, mas Amy não se envergonhou do pai. Ela colocou os braços em volta dele e o levou de volta para o andar de baixo.

Eles voltaram para sua mansão no Grande Canal. Amy preparou uma bebida quente para o pai e o ajudou a ir para a cama.

Ela ficou acordada a noite toda, observando o velho homem adormecer e acordar.

Segurou sua mão enrugada e falou baixinho com ele, sussurrando histórias de seu tempo em Marshalsea. Finalmente, o sr. Dorrit fechou os olhos pela última vez.

De Volta ao Mofo de Marshalsea

De volta a Londres, algo estranho estava acontecendo na casa da sra. Clennam. Ela rangia e estalava mais alto do que o normal.

Então, telhas começaram a cair como chuva do telhado. A chaminé balançou com o vento e depois caiu no chão em uma grande nuvem de pó. As janelas sujas se estilhaçaram. Os andares de cima estremeceram, sacudiram e penderam.

Finalmente, todo o lugar caiu como as cartas de um baralho.

Infelizmente, a sra. Clennam estava lá dentro quando tudo aconteceu.

Arthur lamentou saber da morte da mãe, embora ela nunca tenha sido gentil com ele. Mas não lamentou ver a casa destruída.

Apenas uma coisa foi salva do desastre: uma pequena caixa de madeira, cheia de cartas. Uma delas era de sua mãe. Ela dizia:

Ao meu querido Arthur,

   Quando ler isso, eu terei ido embora e será hora de você saber os segredos que tenho guardado. Eu não sou sua mãe verdadeira. Seu pai se apaixonou por uma cantora antes de nos casarmos. Juntos, eles tiveram um bebê: você. A família de seu pai não aprovou. Ele foi forçado a deixá-la e se casar comigo.

Sua verdadeira mãe morreu logo depois que tiramos você dela. A família de seu pai sentiu que, em parte, a culpa era deles. Então, por remorso, deixaram todas as suas riquezas para a única pessoa que realmente se importava com ela, seu patrão, o sr. Frederick Dorrit.

Escondi este testamento e guardei as riquezas para mim e para você.

Eu realmente sinto muito.

Arthur caiu de joelhos. Os Dorrits poderiam ter sido ricos o tempo todo. Sua querida Amy nunca teria que crescer em um lugar como a Prisão Marshalsea.

⁂

Infelizmente, a sra. Clennam não era a única pessoa que escondia um segredo. Acontece que, por muitos anos, o sr. Merdle enganara todas as pessoas que tinham colocado dinheiro em seu banco. Ele não se importava com o dinheiro, nem ajudava a fazer o dinheiro render. Ele roubava o dinheiro dos outros. E, com o tempo, ficou sem ter de quem roubar.

Em vez de enfrentar a prisão, o sr. Merdle simplesmente desapareceu. Ele saiu de casa uma noite e nunca mais foi visto.

Todo mundo que havia depositado dinheiro no banco do sr. Merdle agora estava sem um tostão.

Os Dorrits perderam sua fortuna. Amy e Fanny não tinham nada.

O sr. Pancks perdeu suas aplicações.

Arthur Clennam perdeu o dinheiro de seu negócio.

Arthur estava muito chateado por decepcionar seu parceiro de negócios, Daniel Doyce. Daniel, no entanto, era um homem bondoso e piedoso. Ele não culpava Arthur por confiar no sr. Merdle. Mas a lei não perdoava tão facilmente. Por causa de suas dívidas, o pobre Arthur foi trancafiado nas celas fedorentas da Prisão Marshalsea.

Ele ficou preso na mesma cela onde o sr. Dorrit viveu por mais de vinte anos.

Depois de algumas semanas na cela fria e cheia de mofo da prisão, Arthur ficou muito doente. Ele passava seus dias dormindo na cama dura e estreita, tossindo e suando, acordando e adormecendo.

Uma certa manhã ele acordou, sua mente ainda atordoada pelo sono e pela doença, e tinha certeza de ter visto outra pessoa na cela.

Era Amy Dorrit!

Ela estava levando um copo de água em direção aos seus lábios e sorrindo para ele.

— Você nos ajudou quando estávamos aqui em Marshalsea — disse ela. — Agora estou aqui para ajudá-lo.

O sorriso de Arthur estava manchado de tristeza. Ele pensou na carta de sua mãe — não conseguia esconder de Amy.

Puxou o pedaço de papel amassado debaixo da cama e mostrou a ela.

Quando ela terminou de ler, Arthur lhe disse: — Pode nos perdoar, Amy?

— Perdoar quem?

— A família Clennam, quero dizer. É nossa culpa seu pai ter ficado preso aqui, em Marshalsea.

— Não é *sua* culpa — rebateu Amy.

Lágrimas brotaram em seus olhos. Ela as enxugou com as costas da mão. Então se levantou, caminhou até a pequena lareira no canto e jogou a carta no fogo.

— Não tenho dinheiro agora — disse ela. — Assim como você, minha família perdeu tudo no banco do sr. Merdle. Mas você e eu, Arthur, ainda temos um ao outro.

Arthur percebeu naquele momento que amava Amy, assim como ela sempre o amou.

✌︎

Felizmente, Daniel Doyce ainda tinha um pouco de dinheiro, e o que não tinha, ele ganhou. E pagou as dívidas de Arthur, o libertou da prisão e pediu que continuasse trabalhando com ele em seus negócios. Amy e Arthur nunca seriam ricos, mas seriam felizes.

Eles ficaram especialmente felizes, porque, algumas semanas após Arthur sair da prisão, ele e Amy se casaram. Ele nunca mais teria que dizer adeus à sua Pequena Dorrit.

Charles Dickens

Charles Dickens nasceu na cidade de Portsmouth (Inglaterra), em 1812. Como muitos de seus personagens, sua família era pobre e ele teve uma infância difícil. Já adulto, tornou-se conhecido em todo o mundo por seus livros. Ele é lembrado como um dos escritores mais importantes de sua época.

Para conhecer outros livros do autor e da coleção
Grandes Clássicos, acesse: www.girassolbrasil.com.br.